歌集

# カピバラを抱く

西堤啓子

砂子屋書房

＊目次

## I

# 歌集　カピバラを抱く

装本・倉本　修

# I

水芭蕉

北嶺に生いしハイマツ飛ぶ雲にあこがれながら風に根を張る

雲の湧く白根浅間はシンメトリー一つの蝶を定点として

かっきり七時カケスの夫婦訪れて朝の日射しの森に満ち来る

落葉松の小さき毬果《きゅうか》のひそやかに日あたりながら雪に憩えり

君を待ち駅舎にあれば雪もよい放物線の想いを描く

雪降り積み蒼鉛の空明るみて朴の花咲く頃を待たなん

清冽が形になったミューズたち水芭蕉咲く凛々と咲く

顔を上げ空に向かいていっぱいに辛夷《こぶし》の白は決意促す

慈雨のごと降りてくるもの天空の向こうに架かるめがね橋から

シスレーの雲を数えて風を聴く尾花そよげる晩夏の宴

高原に花豆の咲く朱の色に燃えて唇こぼれるカノン

実の落ちてつぶれて青きオニグルミ戦時有為のいのちの末と

はがしてもはがしてもキャベツ青き葉のずしりと重きあこがれの玉

## 貝の花びら

陽を透かす貝の花びら寄せ合って咲くシクラメン今日もコケット

五月来てチューリップ抜かれ球根の白き秘密を日に暴かれぬ

さよならも告げえぬままにほの暗き記憶に沈むシャガの群落

紫陽花の一つ一つの装飾花確かな時を集めて満ちぬ

義務として紫陽花の首をばっさりと切り落としつつ真夏に向かう

朝顔のぽっかり開く空の青クリームの星浮かべてパフェー

刈られても抜かれてもなおいつのまに生え来るミント足下に香る

万華鏡のごとく花咲くランタナの炎熱のもと茂りゆく夏

いのちの勢い余り元伐らるノウゼンカズラ事故死のように

異邦人

海を食み山をも食みて膨れゆく街はシュールな風景に満つ

海に立つ白きブリッジ緻密なる零《ゼロ》の均衡保ち在りたり

地下鉄の階段出口が切り取りし四角き空に吸い込まれゆく

吾に向かぬ場でもおらねばならぬ時一人遊びの異邦人となる

見まわせば都会は寂し水槽に笑われてある深海魚たり

三峡

大いなる北斗七星停泊のデッキに寄れば長江に垂る

やがてダムに沈みゆくとう三峡の街に男は兎を売れり

三峡に年を重ねし船頭の高声響く　屈原《くつげん》の街

## ダイオード

君と見し山茶花の白　今年また円き花弁を庭に敷きたり

夕暮れて灯りも忘れ聴きおればユーミンの曲耳に優しく

単身赴任の夫《つま》より届くメールありダイオードとう冷たき光

月照らす夫なき庭の下草に頭《こうべ》を垂れてクリスマスローズ咲く

街に来るナミアゲハさえ番《つが》い飛ぶ夫なき庭の双つ蝶々

着信のなき夜は枕片しきてすねる小指をなぐさめかねつ

## 熊野

山峡の木に花咲きてほのあかり白く浮かべり春の訪れ

太古より緑鎮もる熊野路は空澄み水澄み瀬音激しき

怒れる猫

一跳びに肩に乗り来るこの猫の息づき温《ぬく》き生命《いのち》の重み

窓越しに雀追う眼の炯々《けいけい》と尾の先までが狩りをしている

今日も吾が膝に丸まる青猫の夢は何色　髭のぴくんと

地獄の底より呼ばうプルートー怒れる猫は冥界の王

弓張りの猫の怒りは尾に風を孕ますごとし夏の短夜《みじかよ》

## 学舎

教え子の姿消えたる学舎《まなびや》は広く空しき箱となれるか

母が消えた荒野を抱く少年よ　本当は君はやさしい子だよ

退学の届を受理し帰り来て今日の夕餉《ゆうげ》の玉葱を剝く

黒板に退学の子が書き残すメッセージあり「先生へ　頑張って」

若さとは脆さでもある携帯をまさぐるどこか遠き眼差し

「携帯をやめよ　そんなに寂しいの」聞けば「寂しい」答えは返る

こんなにもきらめく瞳こんなにも肉体《にく》は若さに輝きながら

「先生受かった」と告ぐる少女の含羞の愛《は》しきを見れば心晴れゆく

疾走の果てにストンと底無しの穴が待ってる　燃え尽き症候群

生徒らが静まりかえる教室の優しい時間声なき吾に

「先生の代わりをするよ」胸を張り元気いっぱい連絡言えり

澄みわたる合唱響き哀しみの光あふれて青空となる

少しだけ女になった愛しき子の前髪に来る再びの春

雪の日も自転車を押し通い来しスミレの涙　不合格とぞ

十五にて長きまつげを伏せながら化学記号を覚える少女

春の僧院

若き日を聞き過ぐしたる楽聖の曲はさながら風の彫琢

楽聖の生家裏手は市場にて赤き口開け西瓜嗤《わら》えり

「天国の鍵《ヒムメルス・シュリュッセル》」と呼ぶ花春告ぐる僧院に降る煙雨燦たり

灯《ともしび》に浮かぶピエロの白き顔たちまち深き闇に呑まれぬ

アヴィニョンの僧院今はホテルにてヴァカンス客の肌露わなる

ＴＧＶ待つ人混みに震えいし異国の犬の四肢の細さよ

南仏の日射しのごとく陽気なる運転手妻とは別れたりとぞ

# 夭折の名優なりし街角の騙《だま》し絵に覗くジュリアン・ソレル

# 御仏

荒池に佇む鷺の影落ちて時は流れず雨降り止まず

日光とまた月光《がっこう》と称さるる御仏の祈り天上の楽

蔵王堂の闇に這い入るカタツムリ虚ろを満たす大き御柱

如意輪寺へ谷の隔てる細道を踏み迷い行く敗者復活

怒るとも笑うともなき円空の荒《あら》み仏に心さらわれ

# 楠の森

楠の森に抱かれて合宿の受験勉強　夏は過ぎゆく

真緑に枝を広げる楠のごと吾が母性空しくはあらぬ

子を産まず幾年月を息づきて吾が身の底に籠めし淵あり

産まざれど震災に子を失いし人の思いに涙流るる

長身の躍動はまさに風を切る君アポロンのごとき疾走

喚声の中ぐんぐんと追い詰めてビュンと抜き去れ裸足の青春

ぴたりと息合う一瞬一瞬は心躍らす真空の時

現世《うつしよ》に生きる歓びみなぎらせ大波となれ「キャッツ」の子らよ

満月を中天に見て踊り出す桂冠詩人と猫のスパーク

いっぱいに舞台に踊る子らのいて教師の吾が励まされいる

草食むオグリ

抵抗の意志は大地に刻まれししシャクシャインの生語《せい》り継ぐべし

今は雪のごとき馬体に微風受け草食むオグリ戦いを終え

ペチカ赤く燃えるロッジに闇降りて馬の嘶《いなな》き遠ざかりゆく

秋空に赭《あか》き肌《はだえ》を輝かせ異形を曝す昭和新山

新山の意志を受けたる少年のこの町を出《い》で横綱となる

トンコリの響きに浮かぶ森と湖《うみ》と神羅万象神宿る国

梟も熊も神なりこの宇宙に満ちる見えざる者の声聴く

## 大車輪

君の眼が映す空には私も入っているか夏大車輪

若き肉体《にく》の躍動まぶしひたぶるに平和貴き大会の夏

少女らの飛燕のごとき床競技トゥ・シュッセ瞳張りつめし舞

室内楽にのせてパッセ・ピケターンつま先に立つ風の囁き

その指の形は運が逃げてしまう先まで力込めたるロンド

想い出をクリックすれば雪しんしん面《おもて》も分かぬ小樽の運河

想い出がファイルに溢れこぼれ来る二年三組整理もつかぬ

入学の日に語らいし君は早や見上ぐるばかり青き丈夫《ますらお》

新世紀の春　巣立つ君この宇宙にただ一人なる君を愛せよ

北摂の山並み冴ゆる春まだき君卒業す希望抱きて

アヴィニョンの橋で途方に暮れている別れの準備何もなきまま

鬱金のマダム

音もなく銀杏は衣染め変えて日々末枯れゆく鬱金のマダム

手のひらの形に紅き落ち葉降るアメリカ楓《ふう》は指折るもあり

天高くアメリカ楓は立ちながら紅を集めて惜しみなく与う

風わたり月中天にかかるころ木は意味のないあいづちを打つ

秋に倦む蛇は冷たき雨を待つ皮をするりと脱ぎ捨てんため

幸福の数に指折り真夜中は不幸を庭に埋めて眠らん

目を閉じて水琴窟の音《ね》を聴けばしじまの底に霰降《あられ》りしく

病む友の月のごとくに白き顔燕よ燕早や戻り来よ

幾たびも君の言葉に救われし　日々草は星のごとくに

パ　パ　イ　ヤ

米兵が見つめる少女の白き顔生けるがごとし戦に死せる

ヤマトンチュのために流さる十数万の県民の血を吸いしとう島

赤き土雨にぬかるみ識名園《しきなえん》の小道に足を滑らせしこと

石積みに立てば東に太平洋西にシナ海中城《なかぐすく》の城

琉球の漆器の朱《あけ》に綿堆《めんつい》のパパイヤが手を拡げて笑う

## 狸

町に来て囚われしとう狸なり小屋につながれ眼光《まなこ》らす

つながれて狸はお手もお座りも知ってしまった温泉の町

ぐるぐると回ってそこだけ溶けている雪に震える囚われ狸

名を呼べばちゃんと振り向き寄ってくる狸の瞳きょとんと哀し

陶の里

今は火を入れることなき登り窯　竜の骸《むくろ》のごと蟠《わだかま》る

藍瓶を焼きし技もて平成の水琴窟を生む陶《すえ》の里

遍路道同僚七人行き行けば日常煩瑣消ゆカタルシス

楊貴妃桜

レースのカーテン越しの春うらら猫の肢体に力満ちくる

春の陽を浴びて眼を細めたる猫の毛先はプラチナブロンド

枝の地に触れんばかりに花満てる美女の腕《かいな》の楊貴妃桜

松前琴糸桜通り抜け大阪の春を海馬に刻む

四肢天を衝き半眼に横たわる猫の堕落は春のことぶれ

グレーゾーン

もどかしき老いの不如意を持て余すははそばの母は凝然といる

迫り来るグレーゾーンに怯えいる子鹿のごとき垂乳根の母

好き嫌いあれほどありし母なるがなべてを食す骨粗鬆症とぞ

やがて来る吾が老い支度はそばの母は身をもて示しくるるか

## 戦の記憶

雨の外苑に学徒出陣見送りし少女たり母沈む思いを

吾が母の語り給いし大空襲紅蓮の炎眼間《まなかい》にたつ

生きて虜囚の辱め受けずと投身のバンザイクリフに白き波寄す

降る星にプランクトンの哀しみを夜すがら食みて海は豊饒

ホオジロの一筆啓上忘れない戦後七十年いつまでも「戦後」

# 渇　く

その昔刀の手入れしたように携帯《ケータイ》研《みが》き街に出ていく

満員の電車に保つバランスの危うき朝は遠き山恋う

たまゆらの抒情のベール身にまとい競争社会を渇かぬように

疲れ来て歌詠む時ぞこの一日《ひとひ》底無きまでに透明となれ

電解質の海をゆく時目を閉じて思いひとつに幼生のまま

何もかも汚れて見える世界なら流氷の海でクリオネになる

ヒメイチゲ薄紅《うすくれない》に咲くところ夜明けを知らぬ永久凍土

デジタルの体内時計真夜《まよ》近くさらさら時の流れゆくまま

美しき人

韓国の人の訪ない絶えぬとう耳塚に花絶やさぬ京の人

花と化す木々の命を染め上げて湖北夕照布を織る人

カーブミラーの球形の空にたじろがぬ大椢《おおかや》のあり眼《まなこ》閉じても

星めぐり人の振る舞いよそに見て色即是空大椎の立つ

削っても削っても芯鉛筆もサンセベリアも終わりの日まで

火星時間を

病みつつもかこつことなく眠る猫《こ》のヒゲに清けき月昇り来る

青々と知足の猫の身を延べて火星時間をゆっくり眠る

従容と注射されいるありのまま猫の五体は海の広がり

闇を照らす銀《しろがね》の猫古《いにしえ》のヒエログリフの形に仄か

地球の自転に同じ万物は生まれては死ぬ昼　夜　昼　夜

生命《いのち》のタイムリミット日なたぼこ猫の瞳に光あふれて

やがて来る春を待ちつつ老猫の足を引きもて歌うゴスペル

金色の光がやがておとずれて雲に乗るまでタイムトリップ

消し炭のような眸で空を見る猫に光をもっと光を

星巡りダイアモンドが消し炭になった眼で鳥の影追う

冷蔵庫うなる夜更けに爪を研ぐ残り時間を忘れぬように

カモシカ

カモシカは山を指し消ゆ国道の夜の静寂《しじま》に迷いなきごと

ゆらりと歩むカモシカ紫の孤独を曳きて闇に溶けゆく

時を止め雪に降り初む春の雨色なく形なくて幾何学

劇中劇

黄粱の夢とも知らぬ争いの渦に呑まれて颪そよぐなり

どこにでも転がっている争いの職員室に繁きこのごろ

競争のるつぼにありて気がつけば髪も梳らぬ宇治の橋姫

イヤリング片方だけが並んでる筐《はこ》は深くに埋《うず》もれてあり

海ガメの回帰のように故郷の浜にどさりと身を投げ出さん

やすらいが待つ浜の風身にしめて海ガメはゆく星をよみつつ

不機嫌な職場にあれば顰《ひそ》みあり磁場持ちながら地球は回る

底知れぬ闇に一歩を踏み出せば光　曼陀羅　素粒子となる

春三月いつもと同じ朝が来て劇中劇の私を見ている

忘れえぬ不信の眼空《まなこ》に見てオオシラビソの林を行けり

コウホネの黄なる花まろき山の湖《うみ》　惑いを知らぬ糸とんぼ飛ぶ

火の山が五万年前ちりばめし沼に目を閉じ悟りのカエル

登り来て分水嶺に風烈し　ためらうことをゆるさぬごとく

真実をドラッグすれば真実の形となりて歩き初《そ》むるか

胸反らし腕組みをして論破する不屈の女も酸素が足りぬ

パペットは手に操られ踊らされアン・ドゥ・トロワくるくる回る

フライパン焼かれ転がる焦燥の溶けてほどけてクリームになれ

# II

# 海　馬

確かめる記憶ひとひらあどけなく母の瞳は底のなきまま

露にぬれ咲き誇りたるバラの花色褪せながら縮める海馬

空模様乱してしまう母の手に形とならぬジグゾーパズル

丹念に拾うピースを一つずつ嵌めゆく母の「かなりや」の歌

感情の逆巻く波に翻る母の叫びのテンポ・ルバート

だまし絵のごとくうらはらたらちねの母の言葉のすくい取るもの

記憶の底を浚って口ずさむ母一つずつ脱ぎ捨ててゆく

紅《くれない》のTシャツ似合うははそばの母なぞり書く昭和歌謡を

散らかった母の心に降る雨の哀しみひとつ波紋広げて

足を止め季節の中で深呼吸ぬかるむ日々をスクロールして

## イコンの目

レントゲンかざし真白き肺を見る父はイコンの眼差しを知る

やわらかき森の道行く大き背に山紫陽花の白く浮かべり

亡き父の声が聞こえる森の奥沼をめぐれば夏の領分

モリアオガエル

木に宿るカエルの卵綿菓子の宇宙に昏き夢をまどろむ

樹下は池待つはイモリの現実にひるみはしない森に還る日

仄暗き闇に細胞分裂す蛙子たちのつぶやきながら

白き花溶けて孵化する日待つらん闇にまばたくモリアオガエル

擦り切れながら

黒髪のはらはらと散る秋の日の人差す指にマニキュアを塗る

水面覆うクラゲは胸の底深く生まれし躊躇あふれたるもの

暁の闇に目覚めて語らえば体内時計加速していく

朝鏡軟らかにたつ面輪あり擦り切れながら待つ夕鏡

温かい泥をふみ分け行く森の死角に住まうモラルハザード

あらぬこと考えている猫の目が時のねじれを映して見せる

モニターをぱたんと閉じて表情を持たぬ影たちつぶやきもせず

放たれた黒きメールの着地して染みを広げる無垢なる森に

午前零時ネットショップを訪れて探してみても君はいなくて

消耗戦どこまで続く歪む顔渇きをぺたり貼りつけたまま

この人も炒られ焼かれて揺れながら泣きつつ笑う髪かき上げて

虫は蛙に蛙は蛇に食われたるめぐりめぐりのシダ覆う森

ロータリーに監視カメラとのら猫が日当たりながら目を凝らす午後

メリーゴーランド

書き換えし記憶の海に漂える母は眼《まなこ》を見開きて言う

黒は白の物語編むたらちねの母よどこまで旅を続ける

大き瞳にオーロラは降り母一人曇りガラスの向こうに住まう

降りしきる雪の向こうに佇んで見えないけれど吾が母の声

きりもなく食べ続けても満たされぬ母はすべてを脱ぎ捨てていく

いつまでも回り続けるメリーゴーランド微笑みながら手を振る母よ

タンポポの綿毛のように吹き飛ばす戻らぬ時を春の夕暮れ

青空に冷たき桜はりついてアイスピンクに震え唇

世に背く蟹はハサミを振り上げて穴を守れり頑なまま

早期退職

意に沿わぬ手指の動き私《わたくし》を離れて遠き空の末梢

ひたひたとキーボード打つ音すなり寄せ来る波の冷たきカルテ

膝までを雪に埋もれて動かれぬ夢の中まで囚われ人は

胸底に川の流れの音やまず闇にふるえるウスバカゲロウ

張り紙にうつむく白き迷い猫わびているがに伏し目がちなる

病室に青いインクで書く手紙冷たい頬に月を宿して

小夜ふけて外来に人無くなりぬ自販機前の孤独デトックス

プルタブを起こせぬままの缶コーヒー握りしめれば冷ゆる唇

足もとに断層があるあえいうおカモメ真白に大空を舞う

水槽に熱帯魚たち泳ぐごと看護師は行く肌光らせて

退院の少女がくれし絵はがきの海どこまでも青くメルヘン

細胞の壊死を告げつつ検査値のアルファベットが発光している

退院の日は空青く薄紅の木瓜《ぼけ》ほころびぬ巷《ちまた》でメール

素粒子を浴びてのびゆく筋肉の弾みも軽きワラビーが行く

母に告げる言葉はいつも崩れ去るかのシシュフォスの神話のように

# 退職の後の長きを生きがてにトリップ・トラップよすが求めて

# 3・11

大津波去りて春来る東北の万朶の桜線量問わぬ

祈り込め咲く桜花山覆い幾万の魂《たま》鎮む幽玄

波越さぬ末の松山大津波の後に残りし伝言ゲーム

震災の爪跡深く刻まれて後の想いに半減期なく
震災の記憶は蒼く胸を灼く跡形もなく戻せぬものの

アボカド

アボカドはまろくやさしく掌《てのひら》に森の香りを伝える骸《むくろ》

全方位宇宙にさらす私は見られることで生物となる

本当の私などない軽やかに変奏曲のヴィヴァーチェを跳ぶ

自分探しなどやめにして変身を解放と呼ぶ秋天の下

生きにくいこの世ではある蔦葛《つたかずら》アイデンティティとう呪縛解かしむ

押し寄せる情報の波捌き分くビーチバレーの呼吸のように

水鳥のせわしき脚を見せぬごとフィギュアスケート霓裳《げいしょう》の曲

あるべきものがないとう喜劇身にしめてどこへ行くのか風の吹くまま

リラックマ割れちゃったから捨てられた初恋の味満たしたものを

水滴の協奏曲が濡らす時コンクリートの船沈みゆく

葦辺行くアメンボ一つ初夏の緑の影を映し奥比叡

ペットロスから

かき撫でて夫《つま》の愛しむ病猫《やまいねこ》いのち震わせ半眼にいる

十年経て失いしもの人も猫も細るいのちに芒は揺れて

愛《は》しき猫《こ》の最期の息を深くひく小さき歯見せて亡ぶと言うか

温《ぬく》み失せ固くなりゆく猫の体銀《しろがね》の毛は光を留《とど》む

猫に手向くガーベラの花うす紅に身を占いて木枯らしを聴く

残されし赤き首輪に涙落ち白く結露す凍てつく朝に

猫のなくて部屋広くして異次元の明りを灯す庭の石蕗《つわぶき》

時間が止まったままの古時計飛び立てぬ空ペットロスから

待ち受けの画面に眠る亡き猫を消去して来る春もあるべし

## 春一番

菓子一つ見えなくなって満月の母口元を押さえつつ笑う

カボチャのタルト黄金《こがね》に湿りつつひやりと甘い老々介護

独り言増えたる母は頭振り紅葉を拾うここにかしこに

「そんなもの食べていない」と言う母は思い出までも食べてしまえり

引き出しを空にしたなら飛べるから母何もかも捨ててしまえり

もの皆をなぎ倒し吹く春一番止んで鏡を見ている母は

「お母さんこれからもっと幸せになる」と言われて白梅の咲く

バラ色が好きな母なりわからないことは上手にシャットダウンし

時間が砂絵のように崩れ去り母圏外の人となりゆく

贖《あがな》いし母のブラウス捨てられて私の愛もくずかごの中

墨染の衣の人もうつつなく寺に御仏守《も》り老いたまう

平等な星の巡りと遺伝子の老化の海を泳いで行こう

虹立つまでを
軽やかに綿毛のように黒髪の娘が一人ケアンズに嫁ぐ

青い眼の紋付き袴端座してボーダーレスの地球も青い

観覧車天高く舞い海晴れて花嫁は今歩み初めたり

直島の海に佇むカボチャにて風に吹かれて呆けていたい

猛暑日は傘の内にてかきくらしゆるりと歩む地球に垂直

圧力に負けないように蹴り上げる虹立つまでを水中ウォーキング

サバンナの獣のようにしなやかに渇きを癒すペットボトルで

DNA残さぬままの人生《ひとよ》なり君吾ともに老いて華やぐ

宇宙へと開かれていく私の細胞組織限りなく紅

千切りキャベツ

シュレッダーにかけて捨てたい老い母の束の間見せる黒の表情

振り払う腕《かいな》の力噴き上げる地底のマグマ歩けぬ母が

その昔子を捨てたように車椅子投げて一瞬立ちたり母は

母には明日が無いのかカレンダー破り捨てたる独語空笑

「常軌を逸す」とうことはみ出した母の言葉は行き場もなくて

眉ひそめ声震わせて歌う母「リハビリなんかお断りだわ」

私は憎いライバル妬むがに母切り刻む赤きセーター

亡き父と老い母の暮らし片づけて住む人の無き家に蝶入る

この家に戻らぬ母の暮らしぶり磨き込まれしモノがつぶやく

老い母の筐底《きょうてい》に残すへその緒に泣く春もありどこまでも行く

坂の向こうはニライカナイか母と義母と二人の老いを看取り春へと

物流の熱く脈打つ二十四時サービスエリアにセキレイ歩む

片方を失くした赤い手袋に思いくっきり切り取られ泣く

同じこと繰り返してはいけないよ飛行機雲に言われて一人

山盛りの千切りキャベツ食むときの忍耐をもてなべてを越える

オールトの雲

何もかも捨てた沼から上がる時母は暮らしを剝いでスリム化

謎めいた母もほんとは不安だと介護士の言う遊べや遊べ

美談では終わらぬ老いの現実を受け止めかねてぷるんとゼリー

手を預け微笑む母の爪を切る装うことははるか古代史

赤ずきんの老婆になってほしくないけれど入浴拒否する母は

娘の名忘れてしまった老い母はもう故郷を奪われし人

作られた話の中で私は口笛吹いて踊っていると

オールトの雲より来たる彗星の降れば震える内なる琴座

海遠く波のきらめき知らぬまま時を過ごした森に棲むカニ

前髪をそろえ童女の母となる「リンゴの唄」も口ずさむなく

若き母と読みしマルコの物語三千里外の遠き秋の日

老い父を蛇蝎のごとく憎みしを自ら老いて母のフィクション

呆けての幸いひとつ自らの老耄は夢いつも春風

変わりゆく母の姿をとどめんと歌詠む我も坂下りつつ

生きづらさ年追うごとに増しくれば案山子《かかし》になって野に風を聞く

口角を上げれば心明るみて割ってきれいな半熟卵

「ご迷惑です」

虚ろなる母の体は傾きて崩れんとする華やぎながら

あなたに育まれしこと刻まれて今まで生きてくれてありがとう

「きれいね」と袖を引かれて驚きぬ言葉ころんと転がり母の

仕舞など習わぬものをすり足にうつむく母のささやき一つ

老い母の娘ともなき吾に笑まう病も知らず春のつれづれ

ケアハウスに遅日はうれし母と聴くラジオの時報明るみのもと

かける言葉重なり舞えば遠ざかる母鬖髿の雲に漂う

顔寄せて眼合わせかける言葉たち舞いて散り敷く受け止めるなく

眠り姫になってはならぬ　ま昼間の母の視線をすくい上げては

呪縛とも思うことあり老い母の今日は笑わぬメドゥサの首

吾が夫の入院告ぐれば覚醒す雲の一瞬切れたる母は

まだらに飛ぶ記憶たち脳というブラックボックス鍵を失くした

うつむきて広げてはまた畳みつつ布巾と遊ぶ母の細き手

デコルテの肌滑らかに白きまま遠い世界に母老いにけり

「他の方のご迷惑です」ケアハウスを追われるも性老い母哀し

神戸・灘

酒蔵をめぐれば街の整いて震災後二十年はだれ雪降る

白味噌に鳴門金時甘き夢見てほどけゆくインナーマッスル

光増す春の庭にて芽ぐむものまどろむ時が土をもたげる

細胞と生まれて千の風になり歌い続けるわがオノマトペ

落ち葉憂しと枝を切られてアメリカ楓裸木のまま五月を立てり

母と同じ八十路の女《ひと》のわが肩をなでて慰む「ケ・セラ・セラよ」と

白寿にて吟詠の声朗々と「後期高齢者」など突き抜け飛べり

スウィートホーム

ケアハウスに座す老い母の夏物の薄き衣に秋風の吹く

老い母に春の日差しのそそぐごと捨てる神あれば拾う神あり

鬼にも慈母にもなれる女たち仮面《マスク》をはずし夜は寝ねたり

マドレーヌ一つに母の蘇る咀嚼忘ると言われしものを

母の笑顔に癒されしと言う人のいて新天地なりスウィートホーム

僥倖の余生か時の訪れて認知症フロアに母まどろめり

さかさまの福の字に込める祈りあり新たな年は角度を変えて

黄泉平坂《よもつひらさか》

悍馬とて合わすことなき独り世の果てに眉間のしわも美し

傷つかず傷つけてなお光増す金剛石の生全《せい》うす

生ききった命と思う肉は枯れ桜花爛漫誇りし母の

老い母の笑みて華やぐ病室に終末期などどこを吹く風

終末期と告げられしことも投げ棄てて母は自足の花いちもんめ

「そんなこと聞いてないわ」と老い母は死にはしません桜満開

亡き父に来ないでくれと言われたと母引き返す黄泉平坂

あのまま逝かれたならば悔いあらむ今は微笑み返しくれる母よ

カピバラを抱く

澱《おり》となり虐待の記憶隠れ住むデッドスペース開けてはならぬ

特養の風に揺れいるカーテンをまといて母はカルメンとなる

TVのキムタクの声聞こえくる老いの花咲く午後の特養

「おいしい？」「まずい？」問えば肯く二つながら母の命題どちらが真か

両脇にカピバラを抱く老い母は褥瘡予防遊戯のように

陽射し暑き窓辺を避けて置かれたる母のベッドは川を下って

若き日の母の写真を飾り置くこれがほんとの母だと言って

若くして自死せし男老残のカルメン眠る夢すらも見ず

許さるはとろみ食のみ母の好みし舟和のあんこ玉一人咀嚼す

深夜の電話

突然の深夜の電話ハンドルを握る手すらもうつつなきまま

お気に入りの赤きセーターに包まれて母は彼岸に渡る舟に乗る

アルバムに遺影選べば花のごと微笑む母がスライドショーに

手帳に母を訪う日の記入あり消せど磁場たり身の曳《ひ》かれゆく

やさしい皺

アイビーに呑《の》まれし家の庭闇《にわやみ》にUFOのごとく遊具さびたり

柴犬の老いてゆらりと陽を浴びる予定調和の土に還る日

陽だまりにやさしい皺を刻まれて冬に入る午後深呼吸する

あこがれはあこがれのまま置いておくＰＭ２・５の空の向こうに

手術後の吾が目確かめ老医師の笑顔さながら円空仏に

母を送り歩みを止めぬ私の道はそれでも母へと続く

# 跋

久我田鶴子

北嶺に生いしハイマツ飛ぶ雲にあこがれながら風に根を張る

厳しい自然環境にあって、身を低くして地に根を張り、なお空を仰いで飛ぶ雲にあこがれるハイマツ。このハイマツは、西堤啓子さんだ。

西堤さんが作歌をはじめたのは、大学の短歌会に入ったのがきっかけであったというから、かれこれ四十年の歌歴ということになる。大学時代には中世の歌論や藤原俊成を専攻し、卒業後は大阪府立の高校教諭になった。生徒思いの良き教師であったようだが、定年まで数年を残して二〇一一年に早期退職した。

仕事の多忙化に加え、親たちの介護が重なり、体調を崩してたびたび入院するようになったためだという。

疾走の果てにストンと底無しの穴が待ってる　燃え尽き症候群
消耗戦どこまで続く歪む顔渇きをぺたり貼りつけたまま
細胞の壊死を告げつつ検査値のアルファベットが発光している

これらの作品からも苦しい日々の一端がうかがえる。
この歌集のⅡにはまた、老いを深めてゆく母の姿が数多く詠われている。

もの皆をなぎ倒し吹く春一番止んで鏡を見ている母は
時間が砂絵のように崩れ去り母圏外の人となりゆく
両脇にカピバラを抱く老い母は褥瘡予防遊戯のように

父が要介護になった頃から始まったという、母の認知症。娘としてその母に向き合いつづけることはどんなに辛いことだったか。だが、この大変な時期に、歌を作ることでずいぶん救われたと西堤さんは語ってくれた。「カピバラを抱く」、これを歌集名とした西堤さんの想いを思いみないわけにはいかない。

陽だまりにやさしい皺を刻まれて冬に入る午後深呼吸する

歌集の終わりの方に置かれたこの歌。人生の「冬に入る」にはまだまだ間があるが、この歌からは、やさしい皺を刻んだ西堤さんが、深呼吸しながら〝これから〟に備えているのを感じる。

古典に親しみ、音楽や歌舞伎などを好み、宇宙や哲学には自分を相対化できるから心惹かれると言う西堤さんである。深呼吸して歩み出したその先にあるのは何だろう。期待しつつ、それを西堤さんとともに見たいと思う。

# あとがき

私と短歌との関わりは、いつのころからか、好きな作品を自然に口ずさむようになっていたところから始まるように思えます。中学に入ったころ、母が、本好きな少女だった私のために、定期的な刊行が始まったばかりの小学館・日本古典文学全集を申し込んでくれ、『万葉集』など古典作品のいわゆる和歌の世界にも踏み入るようになりました。

実作のきっかけは、大学で田中裕先生主宰の阪大短歌会に入ったことです。田中先生は、中世の歌論を専門としておられ、「山繭の会」の前登志夫先生と交流をお持ちで、前先生が指導に何度か来てくださったこと、奈良の吉野吟行で西行庵などご案内くださったことが懐かしく思い出されます。

広々と天を区切りてのぼり来るオリオンによぎる実験の塔

これは、やさしいお二人にほめていただいた思い出の作で、当時から私は空ばかり見ていたようです。

大阪府立の高校に勤務して三校目を数えるようになったころ、お誘いを受け「地中海」に入社しましたが、ちょうどそのころから時代の変化が急激になりました。私の場合も、職場環境（多忙化）、日々の生活（夫と私双方の両親の介護の始まり）など新たな壁に直面するようになり、体調を崩すことが多くなっていきました。そして、相次いだ天変地異……。

そんな中にあっても、自己の情感を短歌という定型に写し取ることで、苦境から抜け出せたように思えます。そこには、あくまでも自由で解放された世界がありました。

このたびの歌集出版にあたりましては、船田清子様に背中を押していただき、久我田鶴子様に懇切なご指導をいただきましたこと、感謝に堪えません。また、砂子屋書房の田村雅之様にいろいろとお世話になりました。ありがとうございました。

二〇一七年　紫陽花の雨に打たれる頃に

西堤啓子

地中海叢書第九〇七篇

歌集　カピバラを抱く

二〇一七年八月九日初版発行

著　者　西堤啓子

発行者　田村雅之

発行所　砂子屋書房

東京都千代田区内神田三―四―七（〒一〇一―〇〇四七）

電話　〇三―三二五六―四七〇八　振替　〇〇一三〇―二―九七六三一

URL http://www.sunagoya.com

組　版　はあどわあく

印　刷　長野印刷商工株式会社

製　本　渋谷文泉閣